Reinhold Grundemann

Die Erschliessung Innerafrika's durch Stanley's Entdeckung des Livingstone

Antigonos

Reinhold Grundemann

Die Erschliessung Innerafrika's durch Stanley's Entdeckung des Livingstone

Unveränderter Nachdruck der Originalausgabe von 1878.

1. Auflage 2024 | ISBN: 978-3-38672-511-8

Antigonos Verlag ist ein Imprint der Outlook Verlagsgesellschaft mbH.

Verlag: Outlook Verlag GmbH, Zeilweg 44, 60439 Frankfurt, Deutschland
Vertretungsberechtigt: E. Roepke, Zeilweg 44, 60439 Frankfurt, Deutschland
Druck: Libri Plureos GmbH, Friedensallee 273, 22763 Hamburg, Deutschland

Die

Erschließung Innerafrika's

durch

Stanley's Entdeckung des Livingstone

von

Dr. R. Grundemann.

Mit einer Karte.

(Separat-Abdruck aus der „Allgemeinen Missionszeitschrift Nr. 1, Jahrg. 1878.)

Gütersloh.

Druck und Verlag von C. Bertelsmann.

1 8 7 8.

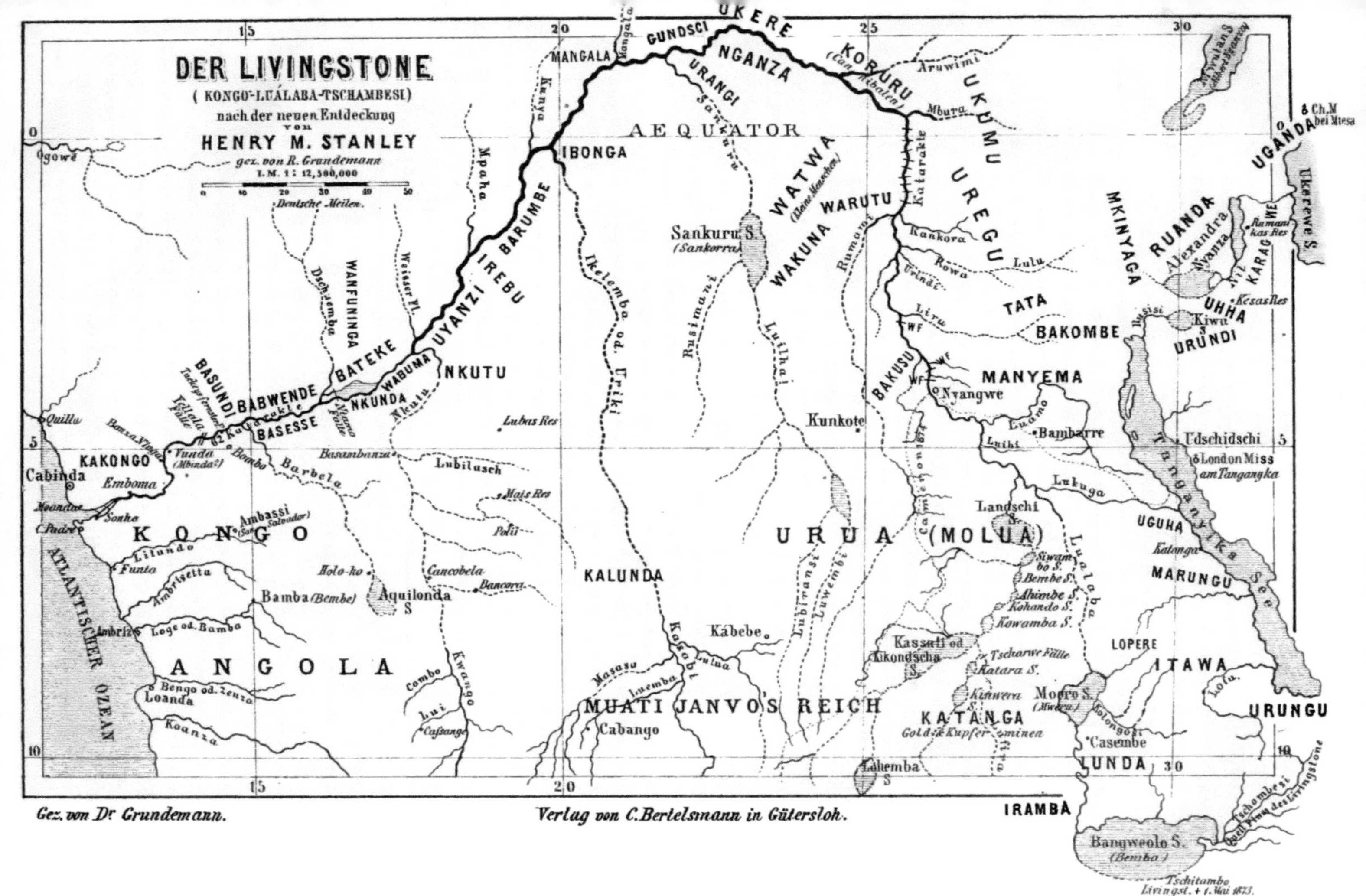

DER LIVINGSTONE
(KONGO-LUÁLABA-TSCHAMBESI)
nach der neuen Entdeckung
von
HENRY M. STANLEY
gez. von R. Grundemann
I.M. 1: 12,500,000
Deutsche Meilen.
Gez. von Dr. Grundemann.
Verlag von C. Bertelsmann in Gütersloh.
UKERE
GUNDSCI
NGANZA
KORURU
(Can. Nbalen)
MANGALA
URANGI
UKUMU
Aruwimi
Mbura
AEQUATOR
IBONGA
UREGU
Mpaha
Kunya
WATWA
(Kleine Menschen)
WAKUNA WARUTU
Kutarakle
Kankora
Rowa
Lulu
MKINYAGA
RUANDA
Alexandra Nyanza
Rumani kas Res
KARAG WE
Ukerewe S.
Ogowé
WANFUNINGA
Weisser Fl.
Dschyemba
BARUMBE
UYANZI
IREBU
Sankuru S.
(Sankorra)
Rusimani
Lutlhai
Urindi
Liru
WF
TATA
BAKOMBE
UHHA
Kiwu
URUNDI
Lusisi
Kesas Res
BATEKE
NKUNDA
WABUMA
NKUTU
Ntano
Falle
Ikelemba od. Uriki
BAKUSU
WF
Nyangwe
MANYEMA
Luamo
Bambarre
BASUNDI
BABWENDE
Tackyefernster
BASESSE
Nkutu
Lubas Res
Kunkote
Luihi
Udschidschi
London Miss
am Tangangka
Quillu
Vuuda
(Mbinda?)
62 Kat.
Bomba
Barbela
Basambanza
Lubilasch
KONGO
Cabinda
Emboma
Ambassi
(San Salvador)
Mais Res
Poli
URUA (MOLUA)
Landschi
UGUHA
Katanga
Neandur
C. Padrao
Sonho
Lilundo
Funta
Ambrisetta
Holo-ho
Cancobela
Bancora
KALUNDA
Kasongo
Siwam
bo S.
Bembe S.
Ahinde S.
Kohando S.
Kowamba S.
MARUNGU
ATLANTISCHER OZEAN
Ambriz
Loge od. Bamba
Bamba (Bembe)
Aquilonda
S
Käbebe
Lubiransi
Luwembi
Kassali od.
Aikondscha
S
Tscharwe Fälle
Katara S.
LOPERE
ANGOLA
Bengo od. Zenza
Loanda
Koanza
Combo
Lui
Cassange
Kwango
Masasu
Luemba
MUATI JANVO'S REICH
Cabango
Kasab
Lulua
KATANGA
Gold-& Kupfer minen
Kinwera
Moero S.
(Mwern)
Molongosi
Casembe
ITAWA
URUNGU
Lahemba
S
LUNDA
IRAMBA
UGANDA
bei Mtesa
Ukerewe S.
Bangweolo S.
(Bemba)
Tschitambo
Livingst. + 1. Mai 1873.

Vor wenigen Wochen trug der Telegraph durch Europa die Kunde von einem Ereignis, dessen ganze Tragweite wir noch gar nicht zu übersehen im Stande sind, das aber jedenfalls in der Geschichte unsres Jahrhunderts neben den folgenreichsten Thatsachen seinen Platz finden wird. Wenn jetzt ein neuer Columbus einen bisher unbekannten Erdtheil entdeckt hätte, so könnten wir seiner Entdeckung keine größere Bedeutung beilegen, als der ruhmvollen That des Amerikaners Henry M. Stanley. Wir bitten unsre Leser diese Worte nicht für eine rhetorische Phrase zu nehmen; wir haben sie in der nüchternsten Erwägung der Verhältnisse niedergeschrieben und hoffen im folgenden einige gewichtige Data für ihre Berechtigung beizubringen.

Stanley hat seinen Namen bereits bekannt gemacht durch die entschlossene Aufsuchung des rastlosen Missionspioniers Livingstone im Jahre 1871. Er fand damals den Veteranen der Afrikaforscher am Tanganyikasee, krank und erschöpft von der anstrengenden Arbeit an der Lösung einer Aufgabe, vor deren Vollendung derselbe um keinen Preis nach Europa zurückkommen wollte. Es ist bekannt, wie Livingstone 1½ Jahr später in jenem Werke, das wie sein ganzes Leben dem Wohle Afrikas gewidmet war, sein Ende gefunden hat. Wenig westlich von der großen Seenregion des inneren Ostafrikas hatte er ein bedeutendes Stromsystem entdeckt, das selbst beträchtliche Seebecken umfaßt. Er hatte den Quellfluß in dem südlich vom Tanganyika-See entspringenden Tschambesi[1]) gefunden, der durch den großen flachen Bangweolo-See fließt, um als Luapula durch den kleineren Moero- (Mweru-) See zu gehen. Etwa 60—70 Meilen[2]) nörd-

---

[1]) Hoffentlich bedarf es für die meisten unsrer Leser nicht des NB.: Nicht zu verwechseln mit dem Zambesi.

[2]) Wir meinen überall deutsche geographische Meilen.

lich von da hatte er denselben Strom wieder angetroffen, der dort als Luálaba bereits die beträchtliche Breite von 1000 Meter, die zu Zeiten bis auf über eine drittel Meile steigt, erreicht hat. Livingstone meinte den Quellfluß des Nil gefunden zu haben und verbrauchte seine letzten Kräfte um dafür den Nachweis zu führen.

Kaum war die Kunde dieser Entdeckungen nach Europa gelangt, als deutsche Geographen die Unmöglichkeit eines Zusammenhanges des Luálaba mit dem Nil nachwiesen. Besonders that dies Dr. E. Behm in Gotha, der mit überzeugenden Gründen in scharfsinniger Weise den Beweis führte, daß Livingstone mit seiner letzten Entdeckung den Quellfluß des Congo gefunden habe.

Diese im deutschen Studirzimmer gemachte Entdeckung hat nun eine glänzende Bestätigung gefunden durch die That des kühnen Afrikaforschers Stanley, der in die Fußstapfen des großen Livingstone tretend das Werk der Enthüllung des mittleren Afrikas ruhmvoll vollendet hat.

Nachdem derselbe 1871 den alternden, erschöpften Missionar gestärkt und mit ihm einen Theil des Tanganyika-Sees näher erforscht hatte, war er heimgekehrt. Seine Berichte wurden verschieden aufgenommen. Die, welche damals argwöhnischer Weise sie sogar für eitel Humbug halten wollten, ahnten nicht, daß dies der Mann war, der im Wettkampf der afrikanischen Forschungsreisenden die Krone davontragen würde.

Nach Livingstones Tode finden wir ihn alsbald bereit in die schwere Arbeit einzutreten. Zwei Zeitungen, der Herald in New-York und Daily Telegraph in London, versehen ihn mit den beträchtlichen Mitteln für eine größere Expedition. Gegen Ende des Jahres 1874 betritt er wieder den „schwarzen Erdtheil" im Osten, geht auf einem bisher von Europäern noch nicht betretenen Wege zum Ukerewe-See (Victoria-Nyanza), dessen Ufer er in ihrer ganzen Ausdehnung erforscht, weilt dann längere Zeit bei dem Könige Mtesa von Uganda und vermittelt die Gründung einer evangelischen Mission (Church M. S.) bei demselben. Weiter erforscht er das Gebiet zwischen dem Ukerewe und Mwutan (Albert Nyanza), sowie den bedeutendsten Zufluß des erstgenannten Sees im Westen und findet ein paar kleinere Seen, die er Alexandra-Nyanza nennt, sowie den Alexandra

Nil, den er als den Quellfluß des Nil überhaupt betrachtet. Später sehen wir ihn am Tanganyika thätig. Leutnant Cameron hatte inzwischen einen von Livingstone übersehenen Ausfluß des letzteren nach Westen entdeckt und dadurch die Augen der Geographen dorthin gelenkt, obwohl es ihm nicht gelungen war die Verbindung des Sees mit dem Strome im Westen zu beobachten.[1] Stanley verfolgt jene seichte, sumpfige Wasserverbindung, dem Lukuga und widerlegt also die Annahme, daß der Tanganyika die Quelle des Lualaba sei. Im Herbste des verflossenen Jahres (1876) endlich rüstet er sich nach längerer Rast in Nyangwe mit seiner Schaar bewaffneter Schwarzen und seinem einzigen ihm gebliebenen weißen Begleiter Francis Pocock zu der gewagten Expedition den Strom auf alle Fälle bis zur Mündung zu verfolgen. Der genannte Ort ist nämlich die äußerste Station alles fremden Einflusses in jener Gegend. Auch die muhammedanischen Sklavenhändler waren nie darüber hinausgekommen. Die wilden Wabroiro auf der rechten und die kannibalischen Bakusu auf der linken Seite hatten jedes weitere Vordringen vereitelt. Auch Stanley hatte alle Mühe seine Leute zusammen zu halten, die aus Furcht vor den bevorstehenden Gefahren schon zu desertiren begannen. Seine letzten Berichte aber hatten auf dem Wege über Zanzibar noch nicht Europa erreicht als bereits von der Westküste das Telegramm eintraf, daß die Expedition, wenngleich in furchtbar leidendem Zustande, dort angekommen sei. Verfolgen wir zunächst in kurzen Zügen die Reise, wie sie nach den neusten uns vorliegenden Notizen verlief.

Am 5. November brach man auf, 150 Personen mit 18 Kähnen und einem größeren Erforschungsboot. Zunächst wurde der Weg auf dem rechten Ufer, durch das Gebiet von Urregu genommen, bis die dichten Wälder nach der andern Seite überzusetzen zwangen. Hier kam man zu den Bakusu, die sich den Fremden feindlich widersetzten, ohne sich durch ihre Geschenke besänftigen zu lassen. Die hartnäckigen Angriffe mit vergifteten Pfeilen, die mehrere von Stanleys Leuten verwundeten oder töd-

---

[1] Bekanntlich kreuzte auch Cameron den Continent, ließ aber durch Schwierigkeiten von dem Laufe des Lualaba seinen Weg nach Südwesten hin abwenden, so daß ihm die Entdeckung entging, der er bereits so nahe war.

teten, zwangen zum Gebrauch der Waffen. So wurde der Durchzug erkämpft.[1]) Obgleich man von den Kähnen aus gegen die angreifenden Wilden im Vortheil war, kam man doch nur langsam vorwärts, denn immer wieder verursachte ein neuer Kampf Aufenthalt. Der breite Strom hält hier seine Richtung nach Norden inne, ja neigt sich zuweilen nach Osten. Von dieser Seite kommen von den Bergzügen, die ihn vom Tanganyika-See trennen, zahlreiche Zuflüsse: der Liru, Urindi, Rowa und Kankora sind die bedeutendsten, zwischen denen sich die felsigen Ausläufer des Gebirges in wilder Scenerie an den Fluß drängen, während auf der flachen linken Seite nach mehreren kleineren der Romami als stärkster Nebenfluß zu erwähnen ist. — Mitten in jenen Kämpfen mit den Eingebornen aber zeigte sich plötzlich ein neues Hindernis: eine Reihe großer Katarakte, die nur passirt werden konnten, indem auf eine Strecke von mehr als 2½ Meilen ein Weg durch den dichten Urwald gehauen und die Fahrzeuge auf den Schultern fortgeschleppt wurden. Dabei mußten die Aexte wieder mehrfach mit den Gewehren vertauscht werden. Nach Vollendung dieser Arbeit, mit der man schon den Aequator überschritten hatte, war eine Rastzeit nöthig. Die nördliche Richtung des Flusses war eine nicht geringe Prüfung für den Erforscher. Fast kamen ihm selbst Zweifel, ob der Lualaba ihn zum Congo führen werde. Die Bedenken beruhigten sich jedoch, als der Strom jenseits der Fälle bald unter Aufnahme eines bedeutenden rechten Nebenflusses sich nach Nordwest wandte. Wenige Tagereisen weiter nimmt er einen großen von Nordost kommenden Strom

---

[1]) Stanleys Verfahren, in dieser Weise die Forschungsreise durch seine, wenn ich nicht irre, militärisch geschulte Schaar zu stützen, hat manche Bedenken, ja ernste Tadel hervorgerufen. Wir haben jedoch keinen Grund seine Versicherung zu bezweifeln, daß er nur im Falle der dringendsten Nothwehr zu den Waffen commandirte. Andrerseits haben solche Kämpfe keineswegs den gefürchteten Erfolg die Eingebornen gegen alle nachfolgenden Weißen mit Feindschaft zu erfüllen und ihnen den Weg vollends zu verschließen. Krieg ist bei jenen Völkern eine so alltägliche Sache, daß so ein Kampf nicht nachhaltige Rachegedanken erweckt. Die Missionare der englisch-kirchlichen Gesellschaft zogen kürzlich ganz unangefochten durch das Gebiet südlich von Ukerewe, wo Stanley vor etwa 2 Jahren seine erste Schlacht geschlagen hatte. — Wir glauben es wäre einseitig wollte man solche Kämpfe um den Preis einer Verzichtleistung auf weitere Forschung unterlassen wissen. Ein paar Kannibalenstämme haben nicht das Recht ein solches Ländergebiet für die Kultur hermetisch zu verschließen.

(2000 Meter breit) auf, den Aruwimi, der wahrscheinlich mit Schweinfurts Uelle zu identificiren ist. Hierauf erhält der Hauptstrom eine westliche Richtung die weiter, nach Aufnahme des von Süden kommenden Sankuru, in die südwestliche übergeht. Der Strom ist an manchen Stellen 2 Meilen breit, stellenweis dicht mit Inseln gefüllt und spaltet sich oft in ein Dutzend Arme. Hier konnte die Erforschung um keinen Preis erschöpfend sein. Stanley vermuthet selbst, daß er bedeutende Nebenflüsse in dieser Region übersehen haben wird. Dies konnte um so leichter geschehen als auch hier immer wieder gekämpft werden mußte. In der Gegend des Aruwimi sah sich die Expedition plötzlich von 54 Kanos (darunter ein großes Kriegsfahrzeug mit 80 Ruderern) angegriffen. Alles freundliche Zurufen war vergebens. Wieder mußte zu den Waffen gegriffen werden, und nach einer halben Stunde war die Durchfahrt erlangt. Aber der Raum reicht hier nicht zu, um alle die Hindernisse und Schwierigkeiten im Einzelnen aufzuzählen. Die Eingebornen hatten nie von weißen Menschen gehört. Daß Leute über das Gebiet ihres Stammes hinaus gehen, war ihnen etwas ganz unbekanntes. Der Handel beschränkt sich darauf, daß die von der Westküste her kommenden Waaren von einem der kleinen Stämme zum andern vertauscht werden. So lange Stanley Kleiderzeug für den Tauschhandel hatte, gelang es, reichlich Nahrungsmittel zu bekommen, besonders in den großen Dörfern des Südufers, wo regelmäßige Märkte abgehalten werden. Als jene Tauschmittel aber zu Ende gingen, gerieth die Expedition in die größte Noth. Zuvor waren freilich noch Gefahren andrer Art zu bestehen. Nachdem der größte Nebenfluß, der Ikelemba oder Uriki, dessen oberer Lauf, Kasai, mit dem Kasabi Ladislaus Magyar's identisch ist, und weiter der Nkutu (Kwango) passiert war, verengt sich das Bett des Stromes, von Felswänden zusammengedrängt und schäumend und donnernd schnellt die mächtige Wassermasse dahin, hier und da Katarakte bildend. Hier ist es, wo der Congo die westliche Wand des innerafrikanischen Beckens durchbricht und auf eine Strecke von 38 Meilen 580 Fuß Fall hat. Einer dieser Katarakten kostete dem frommen, jungen Franz Pocock und mehreren Schwarzen das Leben. Einen andern stürzte Stanley selbst mit allen Fahrzeugen herab und wurde mit seinen

Begleitern nur wie durch ein Wunder gerettet. Glücklicherweise waren auf dieser Strecke die Eingebornen nicht feindselig. Doch die giltigen Tauschmittel gingen auf die Neige, schon drückte der Hunger. Zum Weitermarsch war die Mannschaft zu erschöpft. Da hört Stanley, daß zwei Tagereisen weiter weiße Menschen leben. Er schickt Boten mit dringender Bitte dahin — und nach drei Tagen vollständigen Hungerns kommt endlich die ersehnte Hilfe, die ein portugiesischer und ein englischer Kaufmann von Emboma in bereitwilligster Menschenfreundlichkeit senden. Es ist rührend die Schilderung des Eindruckes zu lesen, den diese Sendung auf die Mannschaft wie auf den Führer machte. Jene raffen sich trotz der Erschöpfung zum hellen Jubel auf, als die Träger herannahen, und singen ein improvisirtes Loblied auf die weißen Menschen am großen Salzsee — dieser schleicht sich in sein Zelt um die Thränen zu verbergen, die über die wettergebräunten Wangen rollen. Am 10. August endlich war Emboma erreicht. Die Mannschaft, auf 115 Seelen zusammengeschmolzen, bedurfte längerer Erholung und sollte dann zu Schiff über Zanzibar in ihre Heimath zurück gebracht werden.

Soviel in kurzen Zügen von der Entdeckungsreise. Jeder Entdecker hat das Recht Namen zu geben. So wird auch Stanleys Vorschlag keinen Widerspruch finden, daß der große Strom, auf den weder der Name Congo noch Luálaba zutrifft, da er in verschiedenen Gegenden wohl noch ein Dutzend anderer Namen führt, fortan der Livingstone genannt werden soll. Es ist ein würdiges Denkmal für den Mann, der die Fundamente gelegt hat, auf denen das Gebäude der Erforschung Inner-Afrikas steht, das mit dieser Entdeckung wenigstens im Rohbau fertig geworden ist. Wir begrüßen diese Benennung aber auch in so ferne mit Freuden, als der Name eines Vertreters der vielgeschmähten Missionssache fortan auf jeder Karte von Afrika und in jedem Lehrbuch der Geographie eine ehrende Stelle finden wird.

Was die Sache geographisch zu bedeuten hat ist jedem klar, der die Entdeckungsgeschichte dieses Erdtheils bisher einigermaßen verfolgt hat. Der Schleier mit dem das Innere Jahrzehnte lang allen Anstrengungen der Kulturvölker trotzend sich vor der Wissenschaft verhüllte, ist abgezogen.

Die Hauptfrage ist gelöst; es bleiben nur noch Nebenfragen zu erörtern. Ein Fluß ist seinem ganzen Laufe nach bekannt geworden, der seiner Wassermasse nach zu den allergrößesten der Erde gehört. Wenn er dem Nil auch an Länge nachsteht, so führt er doch wohl dreimal soviel Wasser dem Meere zu als jener. — Die Vorstellung von dem Innern des Continents beruht nicht mehr auf Hypothesen. Es ist das große reichbewässerte, fruchtbare Becken, von hohen Rändern eingefaßt, die in Norden und Süden sich nach außen hin zu jenen dürren Ländern herabsenken, die in so auffallendem Gegensatz zu jenem stehen.

Aber nicht blos für die Wissenschaft hat Stanleys Entdeckung so hohen Werth. Europa kann nicht ein üppig fruchtbares reichbevölkertes Gebiet, von 40,000 Quadratmeilen[1]) das bisher seinem direkten Einfluß völlig verschlossen war, entdecken sehen, ohne in nähere Beziehung zu demselben zu treten. Hier wird die Entdeckung zur Erschließung für den europäischen Verkehr, und dies um so mehr als eine ausgezeichnete Wasserstraße denselben begünstigt. Wohl muß die Reihe der Katarakte zunächst überwunden werden. Aber 38 Meilen können keine Schwierigkeit mehr machen, wenn schon im Ernste von einer Eisenbahn die Rede ist, die von Norden her durch alle Hindernisse der Sahara nach dem Innern vorgeschoben werden soll. Dann aber liegt auf dem Hauptstrome eine Strecke von 180 Meilen für jedes Fahrzeug offen und die größten Nebenflüsse bieten noch einmal vermuthlich wenigstens eine solche Ausdehnung schiffbaren Wassers, während noch viel größere Strecken mit kleineren Fahrzeugen befahren werden können. Wie gesagt: die Länder sind reich. Das bei uns immer knapper werdende Elfenbein ist so reichlich vorhanden, daß die Eingebornen gar keine Ahnung von dem Werth desselben zu haben scheinen.[1]) Die Oelpalme bildet große Wälder. Baumwolle, Kautschuk, Grundnüsse (Arachis Hypogaea), gedeihen im Ueberfluß — und was kann nicht alles Europäische Kultur unter

---

[1]) So groß wie das deutsche Reich, Oestreich, Frankreich, Belgien und England zusammengenommen.

[1]) Auf den Katarakten verlor Stanley für 18,000 Dollar Werth an Elfenbein, das er gelegentlich eingetauscht hatte.

diesen gesegneten Himmelsstrichen produciren! dazu sind auch bereits Gold= und Kupferminen am oberen Livingstone bekannt.

Das alles wird den Kaufmann locken. Ohne Zweifel wird sehr bald der Handel seine Vorposten in das entdeckte Gebiet vorschieben. Welche Nation aber soll das Vorrecht genießen, denselben in die Hand zu nehmen? Die Mündung des Livingstone befindet sich glück= licherweise gegenwärtig nicht im Besitze irgend einer europäischen Macht. Die Portugiesen hatten dort einst ihre Kolonien, die sie aber vollkommen verfallen ließen. Seitdem von den Franzosen das Fort Loango zerstört worden ist (1786), haben sie faktisch keinen Besitz auf diesem Küstenstriche gehabt — nur die südlichen Gebiete Angola und Benguela sind ihnen geblieben. Zwar haben sie auch auf jene im Jahre 1857 wieder Ansprüche erhoben, die aber von andern Mächten (England, Frankreich und Amerika) mit Protest abgewiesen worden sind. Schwerlich werden diese es zugeben, daß Portugal nun von der Mündung des Livingstone wieder Besitz er= greift. Die Zeiten sind vorüber, in denen europäische Staaten überseeische Gebiete zu eigensüchtiger Ausnutzung sich aneignen durften. Der Han= del auf dem Livingstone muß allen Nationen offen stehen. Aber wie? Etwa nach dem beliebten Grundsatz des laisser faire? Sollen gewissenlose Händler mit Rum und Pulver die bisher noch von aller eu= ropäischen Kultur fernen, in ihren alten Ordnungen lebenden Stämme, (deren es übrigens eine Unzahl giebt) ungestraft ruiniren dürfen?

Nein, es ist die Pflicht aller christlichen Mächte, die neu erschlossenen Länder vor den Greueln zu schützen, die in ei= nem früheren Entdeckungszeitalter ihre Namen befleckt haben. Der Verkehr auf dem Livingstone muß einer internationalen Aufsicht unterstellt werden, die sowohl den rechtlichen Kaufmann vor den Pfeilen der Kannibalen schirmt, als auch die Eingebornen vor dem Ruin durch unsittliches Betragen der Händler in Schutz nimmt. Es liegt uns fern in dieser Beziehung Pläne zu entwerfen. Es sei nur angedeutet, daß einige europäische Dampfschiffe auf dem Livingstone bald jenen Kan= nibalen so imponiren würden, auch ohne sie mit Gewalt zu unterwerfen, daß den Weißen der Weg in ihr Gebiet ohne Gefahr offen stände. Ebenso aber würden die europäischen Staaten durch Bevollmächtigte eine von der betreffenden internationalen Commission entworfenen Handelsordnung zur Geltung bringen können. Ein Hauptartikel dieser Ordnung müßte jedenfalls der sein: „Alle geistigen Getränke sind von der Einführung ausgeschlossen."

Könnte aber der Handelsverkehr auch noch so trefflich geregelt werden, er allein würde jenen Völkern keinen Segen bringen. Unter den Einflüssen einer nur von außen auf sie eindringenden Kultur würden sie verkümmern, oder höchstens Kultur-Karrikaturen werden. Wahre Kultur muß in die Herzen gepflanzt und von innen heraus entwickelt werden. Auch der muthige Entdecker des Livingstone, der sicherlich kein Kopfhänger ist, betont ausdrücklich, daß der Missionar auf demselben dem Kaufmann folgen solle, während er von den afrikanischen Gebieten, wo größere Reiche unter einer festen Herrschaft vereinigt sind, den Missionar den Vortritt einräumt, und durch ihn erst dem ehrlichen Kaufmann den Weg gebahnt sehen will. Ich meine aber auch auf dem Livingstone wird es nichts schaden, wenn der Kaufmann und der Missionar gleich von vornherein Hand in Hand zu den kleinen Stämmen am Livingstone kommen. Hier ist eine offene Thür für die Mission, wie sie dieselbe seit dem Beginn ihrer Arbeit noch nicht gefunden hat: ein weites, zum Theil dicht bevölkertes Gebiet, das bisher noch jedem direkten europäischen Einflusse entzogen war, ist ihr erschlossen. Solch ein virgin soil [1]) hat sich ihrer Arbeit fast noch niemals, oder nur in wenigen Ausnahmefällen dargeboten. Die Missionsgesellschaften sollten sich diese Gelegenheit nicht entgehen lassen. Sobald der erste Handelsdampfer den Livingstone hinaufgeht, sollte ein Missionsdampfer ihm zur Seite gehen.

Im Interesse der Mission liegt es eben so sehr wie im Interesse des Handels, den Verkehr auf dem großen Strome geregelt zu sehen. Wir möchten daher allen Missionsgesellschaften hiermit zurufen: Versäumt nicht

---

[1]) Jungfräulicher Boden.

Euren Staatsregierungen sobald als möglich die dringendste Bitte an's Herz zu legen, daß Schritte zur internationalen Regelung dieses neuen Verkehrswegs gethan werden.

———

Die beigefügte Karte ist nach der flüchtigen Skizze gearbeitet, die im Daily Telegraph vom 14. November publizirt wurde. Der Verfasser darf wohl auf eine nachsichtige Beurtheilung hoffen; es ist keine leichte Aufgabe, die bisher bereits an ihren Quellen und weiterhin bekannten südlichen Nebenflüsse mit Stanleys Zeichnung in Einklang zu bringen. Es bleibt dabei der Hypothese noch ein weiter Spielraum, bei der sie aber gründlich alle die älteren Berichte wird zurathe ziehen müssen. Ich habe daher nur die Skizze des Daily Telegraph den betreffenden Angaben der neusten Karte Dr. Petermann's anzupassen gesucht. Der Alexandra-Nil ist nach einer früheren Skizze desselben Blattes hier genauer eingetragen.